VENTE DU JEUDI 14 DÉCEMBRE 1893

HOTEL DROUOT, SALLE N° 9

à 2 heures

OBJETS D'ART

ET DE

CURIOSITÉ

JADES

PORCELAINES ET POTERIES DE LA CHINE ET DU JAPON

Céramique européenne

OBJETS VARIÉS

EXPOSITION PUBLIQUE

LE MERCREDI 13 DÉCEMBRE 1893

DE 1 HEURE 1/2 A 5 HEURES 1/2

Mᵉ Paul CHEVALLIER	**M. Charles MANNHEIM**
COMMISSAIRE-PRISEUR	EXPERT
10, rue de la Grange-Batelière, 10	7, rue Saint-Georges, 7

CONDITIONS DE LA VENTE

Elle sera faite au comptant.

Les Acquéreurs paieront *cinq pour cent* en sus du prix d'adjudication.

L'Exposition mettant le public à même de se rendre compte de l'état des objets, il ne sera admis aucune réclamation une fois l'adjudication prononcée.

Paris. — Imp. de l'Art. E. MOREAU ET Cⁱᵉ, 41, rue de la Victoire.

DÉSIGNATION DES OBJETS

JADES

1 — Deux coupes en jade vert de la Chine. Socles en bois.

2 — Petit bol en jade blanc de la Chine.

3 — Fruit en jade gris de la Chine. Socle en bois.

4 — Groupe de rats en jade gris de la Chine. Socle en bois.

5 — Deux anneaux cylindriques en jade gris de la Chine.

6 — Plaque en jade blanc de la Chine sculpté en reliefs.

7 — Petite corbeille de suspension en jade blanc de la Chine, avec chaînette à anneaux pris dans la masse.

8 — Deux pièces en agate : figurine et groupe de rats. Chine.

CÉRAMIQUE CHINOISE ET JAPONAISE

9 — Vase en ancienne porcelaine de Chine à décor de chiens de Fô, en émaux de couleurs sur fond jaune. — Haut., 61 cent.

10 — Vase-balustre en ancienne porcelaine de la Chine, émaillé bleu empois. — Haut., 39 cent.

11 — Bouteille en ancienne porcelaine de Chine émaillée rouge foie. — Hant., 29 cent.

12 — Vase en ancienne porcelaine de Chine ; décor de cortège. — Haut., 40 cent.

13 — Pot ovoïde en vieux Chine ; décor bleu.

14 — Gourde en Chine flambé rouge.

15 — Petit écran en bois de fer, feuille formée d'une plaque en Chine, famille verte, à personnage.

16 — Petit vase en vieux Chine, famille rose, monté en bronze.

17 — Grand vase en porcelaine de Chine ; décor animé. — Haut., 61 cent.

18 — Plateau lobé en ancienne porcelaine de Chine, famille rose.

19 — Deux flacons hexagones en ancienne porcelaine d'Imari.

20 — Cinq plats en porcelaine d'Imari, en deux décors.

21 — Porte-bouquets, forme poisson, en porcelaine du Japon.

22 — Cinq petites coupes en porcelaine émaillée de Kutani, fleurs, oiseaux et personnage.

23 — Deux petits bols Kutani ; médaillons à personnage.

24 — Quatre pièces : deux saucières et deux plats ovales en Chine bleu.

25 — Deux petits flacons, forme gourde, en vieux Chine ; médaillons à décor bleu sur fond havane.

26 — Deux petits vases en vieux Chine ; décor de personnages.

27 — Brûle-parfums en ancienne porcelaine de la Chine ajourée ; décor de rinceaux.

28 — Plat à barbe en vieux Chine ; famille verte.

29 — Deux petits cornets en porcelaine de Chine ; décor de personnages.

30 — Gargoulette de forme aplatie ; décor de coqs sur fond rouge.

31 — Grande vasque ovale en grès de la Chine, à décor d'animaux chimériques. — Grand diamètre, 1 m. 22 cent.; petit diamètre, 94 cent.

32 — Deux vases-balustres en faïence de Satzuma ; décor de personnages, avec leurs socles.

33 — Deux autres, arbres fleuris et oiseaux, en Satzuma.

34 — Deux autres en Satzuma, chrysanthèmes.

35 — Deux autres plus petits, écrans et éventails.

36-37 — Trois brûle-parfums en Satzuma, variés.

38 — Deux coupes couvertes en faïence de Satzuma.

39 — Petit vase en grès émaillé vert.

40 — Trois pièces : deux bouteilles et petite tasse craquelée.

41 — Flagon hexagone, Ninseï, arbre fleuri et armoiries.

42 — Trois pièces : poterie japonaise, coupe et plateaux.

43 — Trois compotiers, céladon verdâtre.

44 — Neuf petites assiettes du Japon à décor d'oiseaux.

45 — Deux statuettes porcelaine et poterie japonaises.

46 — Quatre petites théières poterie du Japon.

47 — Cinq pièces : deux coupes couvertes, deux petits pots et petit brûle-parfum faïence Japon.

48 — Deux bols faïence de Kioto.

49 — Deux bols faïence de Satzuma.

50 — Cinq pièces : pitong, petit vase, cendrier et gobelet poterie du Japon et faux sabre porcelaine émaillée.

51 — Service Satzuma composé de douze assiettes, douze tasses avec soucoupes, théière couverte, chocolatière couverte, sucrier couvert, beurrier couvert, pot à lait, bol, coupe couverte et douze coquetiers.

52 — Plat en ancienne porcelaine de Chine, famille verte, paysages ; au marli, compartiments d'oiseaux séparés par des fleurs.

53 — Petite jardinière carrée en ancienne porcelaine de la Chine, famille verte, personnages.

54 — Deux pièces en ancienne porcelaine de Chine : gobelet, famille verte, à personnages et tonnelet, famille rose, insectes sur fond bleuté.

55 — Tasse et soucoupe porcelaine du Japon, oiseaux sur fond rouge.

56 — Plat creux, ancienne porcelaine de Chine, famille verte, arbustes fleuris et papillons ; règne de Siouente. xve siècle.

57 — Trois autres, ancienne porcelaine de Chine, famille
verte, corbeille de fleurs.

58 — Autre, ancienne porcelaine de Chine, famille verte,
personnages.

59 — Deux bols en ancienne porcelaine mince blanche de la
Chine.

60 — Deux petites jardinières en forme de trapèzes en
ancienne porcelaine bise de la Chine émaillée vert; socles
en bois.

61 — Écritoire oblongue en ancienne porcelaine bise de la
Chine émaillée en couleurs.

62-63 — Deux pièces : Figurine de Poutaï et chien de Fô en
ancienne porcelaine de Chine émaillée bleu; socles en
bois.

64 — Deux pièces, poterie du Japon : bol décoré d'attributs
et gourde à double renflement à décor de branchages.

65 — Six tasses avec six soucoupes, Chine, famille rose, fond
capucin.

CÉRAMIQUE EUROPÉENNE

66 — Petit gobelet et sa soucoupe, ancienne porcelaine de
Saxe, à décor de personnages chinois avec rehauts d'or.

67 — Écuelle couverte, porcelaine de Vienne à initiales et
fleurs.

68 — Sucrier couvert sur plateau fixe, porcelaine de Vienne
à fleurs.

69 — Quatre pièces, porcelaine de Berlin : salière, pot à eau,
sucrier et plateau.

70 — Trois pièces : tasse, une soucoupe, Saxe ; plateau
Vienne.

71 — Écritoire, porcelaine genre Saxe.

72 — Deux tasses à bouillon avec leurs soucoupes, porcelaine de Sèvres. Époque Louis-Philippe.

73 — Tasse droite et soucoupe, porcelaine, émaillée vert.

74 — Sept pièces : animaux et figures, porcelaine, dont l'une
montée bronze.

75 — Deux figurines, porcelaine genre Saxe.

76 — Deux petites consoles-appliques, porcelaine.

77 — Petit groupe en biscuit, scène galante.

78 — Cinq petits vases godronnés, porcelaine tendre blanche.

79 — Six pièces : quatre assiettes et deux plateaux lobés,
faïences diverses.

80 — Deux assiettes, Marseille, décor vert.

81 — Petit pot à eau, faïence anglaise, décor imprimé.

82 — Deux pièces, faïence : chanap forme casque et hanap
avec couvercle en étain.

83 — Deux pièces : plat à côtes Delft polychrome et plat
grès vernissé.

84 — Petit pot, ancien grès d'Allemagne.

85 — Statuette Saint-Georges, faïence blanche.

86 — Petite coupe sur piédouche, par Avisseau.

87 — Grand vase, poterie émaillée.

88 — Quatre pièces, porcelaine et faïence : théière, pots à eau et saucière.

89 — Deux pièces : tasse avec soucoupe, vieux Sèvres, pâte tendre, décor camaïeu rose et écuelle couverte, Tournai.

90 — Deux plats, porcelaine tendre de Tournai, décor bleu.

91 — Théière, Chantilly, décor de fleurs.

92 — Trois pièces : écuelle, Orléans, et deux cafetières, Paris.

93 — Aiguière et un plateau, porcelaine de Paris, décor paysage.

94 — Neuf pièces, Sèvres moderne : cafetière couverte, sucrier couvert, pot à lait couvert, six tasses.

95 — Jardinière avec plateau, faïence de Pesaro.

96 — Deux pièces, Strasbourg : pot à lait et théière.

97 — Deux plateaux sur piédouche, Milan et Pesaro.

98 — Deux lions, Rouen.

99 — Deux plats, faïence, décor bleu.

100 — Grande jardinière, genre Marseille.

101 — Vase avec plateau, faïence de Bruxelles.

OBJETS DIVERS

102 — Jardinière quadrilobée bronze avec plaques de jade vert rapportées. Chine.

103 — Crabe articulé, bronze.

104 — Bol, bronze gravé.

105 — Sabre japonais, fourreau bois, garniture en émail cloisonné.

106 — Deux bouteilles et leurs plateaux, cuivre gravé de l'Inde.

107 — Deux veilleuses de suspension, cuivre, travail russe.

108 — Trois flacons tabatières, deux en agate et un en verre. Chine.

109 — Deux pièces, très petit groupe ivoire et netsuké, bois, formé de deux masques.

110 — Ecritoire, bois sculpté, formée d'un groupe de tortues. Japon.

111 — Boussole chinoise en bois

112 — Deux petits supports bambou.

113 — Plusieurs pièces, ustensiles de fumeur.

114 — Étui écaille laqué.

115 — Quatre petits plateaux laque aventurine.

116-117 — Huit petites coupes à saké, laque rouge à décors variés.

118 — Boîte lenticulaire, laque du Japon, branches fleuries or sur fond aventurine.

119 — Inro, laque du Japon, paysage et oiseaux.

120 — Inro, laque pailletée avec incrustations de burgau et chrysanthèmes.

121 — Boîte plate, laque d'or du Japon.

122 — Petite boîte laque du Japon, corbeaux laqués noir sur fond argenté.

123 — Deux panneaux bois de fer, avec incrustations nacre et ivoire, arbustes fleuris. Japon.

124 — Support oblong, laque burgautée.

125 — Six pièces verre antique.

126 — Buste de Pie IX, en bronze patiné.

127 — Soupière couverte Louis XV en étain.

128 — Deux bras appliques à trois lumières, en bronze, tige ornée d'amours.

129 — Deux carpettes d'orient.

130 à 136 — Environ trente-deux gardes de sabres japonais en fer.

137 — Deux petits flambeaux colonnettes, bronze doré.

138 — Petit peanneau, décor au vernis Martin. Enfants musiciens.

139 — Deux jardinières quadrilobées, émail cloisonné de la Chine, à décor de rinceaux sur fond bleu-clair; socles finement sculptés en bois dur.

140 — Sept volumes reliés.

141 — Plaque de verre opaque, ornée de cavaliers chinois.

142 — Plateau en argent, décor de personnages.

143 — Quatre pièces ivoire japonais : netsukés et cachet, groupe de deux personnages debout, autre groupe formé d'un personnage assis et d'un autre debout, personnage et cigogne, cachet feuillage.

144 — Deux pièces : boussole japonaise et garde de sabre en cuivre jaune, dragons.

145 — La Louve allaitant Romulus et Rémus, bronze.

146 — Robe chinoise, satin rose brodé.

147 — Robe persane, soie.

148 — Deux gilets brodés du XVIIIe siècle.

149 — Deux panneux de tapisserie verdure

150 — Bande, soie brochée fond blanc.

151 — Petit meuble en bois dur incrusté de burgau à fleurettes et papillons. Travail du Tonkin.

152 — Table ronde sur pieds tors en bois.

153 — Table-échiquier, marqueterie.

www.ingramcontent.com/pod-product-compliance
Lightning Source LLC
LaVergne TN
LVHW011933170726
843501LV00011BA/4389